두부와 달걀과 보이저
심재휘 시집

문학동네시인선 228 심재휘

두부와 달걀과 보이저

시인의 말

'생활'을 좋아한다. 살아 있고 살아간다는 말이다. 생활은 언제 어디에나 있다. 혼자 오기도 하고 여럿이 오기도 한다. 그래서 오늘은 오전에 장을 보고 오후에는 수리점에 가서 수리했다. 집으로 돌아오는 길은 좁고 긴 지하도였다. 사람들을 헤치고 다가와 내 곁을 그저 스치고 지나간 사람이 있었다. 지금 그 얼굴은 기억나지 않지만 저녁 내내 그의 붉게운 눈이 사라지지 않는다. 고장난 것을 다 고칠 수는 없지만 생활은 이어진다. 생활은 무엇일까.

2025년 2월
심재휘

차례

2부 간장

3부 느리고 긴 식탁

4부 보이저

1부

모두부

모두부를 시켜놓고

바닷가 허름한 두붓집
벚꽃이 피기 전에 모두부를 시켜놓고
나는 파도를 보네 어디로 갔을까
해변의 젖은 발자국들을 보네
막 일어서는 파도도 좋고
꽃이 필 사월도 좋지만 나는
다정한 모두부의 윤곽을 더 사랑하네
모두부의 비밀은 자르기 전에도
눈물겹도록 알 수가 있네

자물쇠 수리공 마이클

열쇠를 잃은 이들의 문을 열어주는 마이클
그가 하루에 여는 문의 수는 매일 다르지만
열지 못하는 문은 없지 기필코 열지
그 문이 유일하게 희망인 사람이 있어서
마이클은 유일한 사람이 되지
오늘은 날씨를 수리하느라 하늘을 오래 쳐다보는 마이클
바람을 맞으며 찾아온 한 사람에게
오늘은 기어이 멀리 가야 하는 그 사람에게
자물쇠 수리공도 열어줄 수 있는 문은 없어서
하늘 가득한 비구름을 오래 쳐다보는 마이클

좁고 아주 느린 길

버스터미널 지하 다이소 매장을 나오면
형광등 불빛이 껌뻑거리는 좁은 통로는 한산했다
적막한 골동품가게들을 지나 붐비는 옷가게 상가까지는
누구나 혼자 걷도록 좁고 어둑한 길 그곳에서 나는
끝내 운 눈을 한 여인의 옆을 지나친 모양이었다
봄볕 아래 벚꽃잎 하나가 볼을 스치듯
스치다 잠시 멈추어 선 듯
흐린 불빛 아래 나에게 다가와서 지나간 그녀
서로 제 앞을 향해 빠르게 걸어간 그 몇 걸음은
어느 봄날이었다 나는 돌아보지는 못했다
어딘가에 가서 못다 한 울음을 마저 울 사람은
등뒤에서 멀어져갔을 테지만
어느 외진 순간 하나는 환하고 천천히 흘러서
가슴에 붙은 붉은 꽃잎처럼 나와 걸음을 같이해서
그 좁고 아주 느린 길을
나와 그녀와 당신이라 부를 만했다

가을의 얼굴

이마와 뺨을 만지는 일로 오늘을 살았다 눈썹 위에 내리던 눈송이와, 코끝을 스치던 벚꽃 향기와, 입안에 맴돌던 더운 말들은 이미 사라지고, 빈 얼굴만 남아 가을을 맞았다 시월에는 떠나는 사람이 있었고 표정은 잘 짓기가 어려웠다 당신이 가져가지 않은 내 표정들이 안주머니에는 많았지만 모두가 낙엽 같은 것들이어서 가을의 얼굴에 달 수는 없었다

배달

　리얼리티 쇼에 나온 한 여자는 표정을 잘 짓지 않는다 말을 많이 해야 하는 짝짓기 프로그램에서 그녀는 말이 없다 한 사내가 줄곧 그녀를 선택한다 드디어 그녀의 맑고 긴 얼굴이 느리게 반쯤 웃는다 젖고 마르는 장면들은 계절처럼 지나간다 종내에 사내는 다른 여자를 선택하고 아무에게도 선택을 받지 못한 그녀는 짧게 나머지 반을 마저 웃고 표정을 거둔다 나는 한밤의 티브이를 끄고 방으로 들어간다 집집마다 켜진 꿈속에 웃음 하나가 배달이 된다

단풍나무 그늘

　강물은 수시로 가고 수없이 가는데 가는 물 위에 단풍나무 그늘은 남는다 흘러갈 수 없는 저 마음은 때때로 푸르렀다가 붉었다가 한다 속이 성긴 날이 오면 별을 쏟아내는 저 그늘 어디로도 가지는 못하고 집도 없이 옛날도 없이 그저 물속에 들어앉은 큰 돌 하나 안고 살아간다

자막

숲 근처에 살 때였지
새는 제 울음에 자막을 달지 않아서
나는 눈 뒤에 귀를 빚었네
불 속에서 나온 질그릇처럼
소리를 소복이 담았네

숲을 떠날 때
가마는 허물어지고 그릇들은 깨졌네
오늘은 신호등이 있는 길을 건너
일방통행 화살표를 따라
골목 끝의 집으로 왔네 등뒤에서
지지직거리며 비가 왔네

내가 아니 나는

한밤의 집으로 가려면 어차피 내가 아니 나는 탄다 4호선 안산행 지하철 마침 나는 앉았고 한 사내는 계속 서 있다 이런 걸 운명이라 하지 않는다 그는 손잡이 대신 쇠기둥를 잡는다 나도 기둥을 잡고 있다 이런 걸 사랑이라 말하지 않는다 그와 나는 같은 역에서 내리고 같이 계단을 걸어 오른다 이러한 것을 우연이라고 말하지는 않는다

지상의 출구에 가까워질수록 계단은 한적해지고 어두워진다 우리는 제 발소리가 울리는 좁고 느린 골목길로 접어든다 밤은 조금 더 깊고 외진 곳으로 접어들고 아무리 접고 접어도 나는 남는다 그는 어디로 사라졌을까 집이 한 채뿐인 이 골목에는 깨어진 가로등, 허물어지는 담벼락, 엎드린 지붕 너머로 그믐달은 이미 지고 끝내 안산행 지하철 막차가 달리는 밤

발밑을 내려다보거나 달밤을 올려다보거나 종내에 집 앞에 이르러 뒤돌아보면 갑자기 사라지는 밤과 길과 눈물 자국들 골목과 거리와 계단을 걸었고 지하철을 타고 온 오늘이 있었다고 몸에 쓸 수는 없어서 문을 열고 좁은 자정을 혼자 넘어간다 내가 아니 나는

12월의 귀

귀를 베고 잤더니 귀가 아팠다
12월의 소식도 아팠다
오른쪽 귀를 베고 자면 당신이 아팠고
왼쪽 귀를 베고 자면 새벽달이 아팠다

담요처럼 얇게 퍼지는 어둠을
추운 마음에 덮을 수는 없어서
모로 누우면 뒤척거리는 밤이 되었다
펴진 귀는 편해진 귀가 되어도
당신의 모습은 아픈 귀에만 모였다

밤을 온몸에 묻히고 죽은듯이 있어도 12월은 간다
해가 바뀐다 해도 빈 자리는 여전히 먼 곳이고
귀는 아픈 방향을 달고 있도록 태어나
제자리로 오래 가야 할 하현은 조금 더 해쓱해졌다

어느 스위치 이야기

　새집에 이사온 날부터 화장실 스위치는 급히 누르면 불이 들어오지 않아서 잘 다루어야 했다 그날 이후로 불빛은 눈에 안 보일 정도로 조금씩 희미해져갔다 서두르는 마음을 허락하지 않는 스위치는 그 빠른 전기 앞에 서서 내게 빛을 줄 때와 안 줄 때를 구분했다 화투짝만한 마음의 어디를 누르면 되고 또 어디를 누르면 안 되는지 알지 못하고 많은 계절이 갔다

나의 발가락은 서로 미워하지 않도록 태어났습니다

좁고 냄새나는 신발 속에서도 나의 발가락들은 서로 미워하지 않도록 태어났습니다 사랑을 잃고 시끄러웠던 철다리 밑을 가로질러올 때에 나의 고요한 발가락들은 서로의 등을 어루만져주었습니다 그러나 나는 발톱이 아무렇게나 자라도록 내버려두었고 강 하구에 이르도록 너무 오래 걸었습니다 삼월의 발톱이 사월의 발가락을 찔러 날리던 벚꽃에 피를 묻힐 줄을 몰랐습니다 땅끝에 이르는 그 긴 길을 절룩거리며 걸어갈 줄은 나는 애초에 몰랐습니다

연필과 지우개로 나는 노래를 짓지

연필을 잘 깎아서 힘주어 쓰면
까만 글자들로 들어가는 아침의 마음은
종이 위에서 긁히고 번져도 저녁의 마음이 되지는 않지

지우개가 지나간 문장들
쓸어서 책상 귀에 모아놓은 비문들은
더더욱 저녁의 마음이 되지가 않지

그래서 연필과 지우개로 나는 노래를 짓지

그럭저럭 음정을 따라 노래를 부르면
목소리는 악보를 따라 저녁이 되기도 밤이 되기도 하지
흔히들 흘러간 노래는 고쳐 부를 수 없다고 하지만
조금 느리게 혹은 당신과 함께라면
아침에서 밤까지 나는 노래를 부를 수 있지

저녁 햇살은 비스듬하고 깊고

지하도 끝 계단 근처 찬 바닥에
한 사내가 검은 돌처럼 납작 엎드려 있다
돈 통에 고인 투명 하나가
고개를 돌려 계단 위를 올라간다

검은 편석 위에 또 편석을 쌓아올린
삐뚤빼뚤한 돌계단을 따라 오르면
지상은 어느덧 봄날 오후

이팝나무에 앉은 새 한 마리가
낮은 가지에서 높은 꽃가지로 옮겨 앉자
가늘어질수록 다정해지는 가지 끝에서
두 손 모은 꽃향기가 오래도록 오른다

설컹거리는 구름들이 천천히 흩어지고
그 사이로 갓 지은 햇살은 내려와서

기운 별 하나가 시멘트 계단을 따라
지하도로 천천히 내려간다
느리지만 따뜻하고
아득히도 깊다

둥근 돌이 있었네

한 손에 들어오는 둥근 돌이 있어서 오래 손에 들고 다녔네 주먹을 펼 수 없도록 쓸쓸한 날에는 검은 숲 너머 던져 버리기도 했지만 그 작은 돌은 집 앞에 먼저 와서 나를 기다려주었네

내 손금을 어루만지는 그의 노래는 힘주어 쥐면 아팠네 그 돌 내 손바닥에 얼굴을 묻고 자주 울었네 늘 뒷모습만 보여주어서 나는 둥근 돌인 줄만 알았네 자주 젖는 오른손을 나는 기어이 펴고 싶었네

그 둥근 돌 떠나갈 때 나는 보았네 둥근 것이 얼굴이었네 내 손바닥에 감춘 것은 깨어진 뒷모습이었네 그 이후로 나에게는 오른손이 왼손을 감싸쥐는 날이 많았네 주먹을 꼭 쥘 때마다 원래 손은 젖어왔던 것이네

2부

간장

간장냄새가 희미한 오전

내게는 두부도 없이 이틀째 겨울비가 내린다 혼자 있으니 집은 빈집을 겨우 면한 저녁이 되어 달걀을 삶는다 창밖의 나무가 흔들려 그곳에 바람이 부는 줄 알겠지만 물이 끓어도 달걀이 익었는지는 알 수가 없다 오래된 삶은 오래된 짐작 적당히 삶은 달걀을 찬물에 식힌다

껍질을 까면 표정도 없이 말간 밤이 온다 나는 물에 간장을 푼다 내일을 향한 나의 다정에 색이 올라오도록 너무 멀쩡한 달걀을 넣고 힘껏 졸인다 창밖에는 비가 오는 소리가 있고 창에는 내가 있고 두부를 생각할수록 내일은 아무데서나 온다

껍질 까는 소리도 없이 그것은 와서 낡은 담벼락 그림자를 먼저 마당에 누이고 말없는 볕으로 집안 살림을 들춰내면 달걀을 먹는 오전이 된다 빈집을 면하도록 집에 퍼지는 희미한 간장냄새는 그러니까 어두운 독에서 우리고 우린 참독한 질문 그러니 나는 두부가 먹고 싶은 것이다

겉봉에 이름도 없는 편지처럼

　나는 노을을 볼 수 없는 집을 가졌네 나의 집은 노을을 볼 수 없는 저녁을 가졌네 저녁 계단을 걸어오르면 동쪽 발코니뿐이네 비스듬하게 의자는 서쪽에 기대었으나 저녁의 서쪽은 소문에만 있어서 길 건너 앞집이 저의 노을을 나누어주네

　그 집의 흰 벽에 물드는 다정한 빛은 내게로 와 쓸쓸한 낮이 되었다가 이내 마지막 인사가 되었는데도 다음날이면 또 안녕히 찾아오네 겉봉에 이름도 없는 편지처럼 오네 사연은 매일 다르네 그러려고 앞집은 노을을 배달해주네

　사실 노을을 전해주는 그 집은 빈집이라네 그 집에 살던 사람들은 어느 날 사라졌다고 하네 더웠던 여름날의 소나기처럼 말라죽은 백일홍처럼 먼 곳으로 깊은 곳으로 갔다고 하네 오늘도 앞집에는 노을이 뜨네 잡을 수도 없는 따뜻한 손이네 갚을 길 없는 빚이네

나는 좀 느려도 돼

길어야 열흘도 안 되는
꽃 피고 꽃 지는 벚나무 아래를
나는 좀 느려도 돼

바람에 화르락 쏟아져 날리는 꽃잎들
그 꽃잎들 사이에 내가
뺨에 남은 눈물자국처럼 나는
머물 수 없지만

한 걸음
그리고
또 한 걸음
아주 느리게 올려다보는 내 얼굴에
참으로 천천히 떨어지는 꽃잎들
그리고 누군가 운 눈을 하고
내 옆을 스치고 지나가는 그 순간에는
돌아보지 못해도

나는 좀 느려도 돼
아주 느려도
돼

엔진과 브레이크

어디로 가는 것일까
강변도로는 차들로 가득해서
브레이크를 밟고 있었는데 차가 어물쩍 나아간다
그러니까 나는 창밖을 잠시 본 모양이다
어쩌면 강변 버들에 색이 드는 걸 본 모양이다
브레이크를 밟은 발의 힘이 나도 모르게 풀렸나본데
엔진과 브레이크는 백번 모두 믿는 것이 옳다 그러면
그들의 대결에 내가 끼지 말았어야 옳았나?
설 때 서고 갈 때 가야지 그러나 나는
나도 모르게 나아가고 싶었나보다
언 땅에서 색을 뽑아올리는 봄버들 곁으로
느리지만 조금 더 가까이

가장 작은 잠

겨울밤 한강공원 벤치에
사내가 힘껏 웅크리고 잔다
어두운 하늘 가장 가장자리에서
지기 전에 초승달은 뒤돌아본다
서울의 제일 넓은 곳에서
이토록 작은 잠을 잘 수 있는 사람
달이 져도 물은 흐르고
얕은 곳부터 물이 어는 한밤이 오면
물소리는 제 소리를 잃지 않으려고
이를 악문다 강의 가운데 물 깊은 곳에서
담요 모양의 물안개가 올라온다

물속의 숲

죽은듯이 고요한 계곡의 물에
몸을 반 잠그고 고개를 숙이면
맑은 물속에는 나의 벗은 발이 있고

머리에서 떨어진 물방울이 수면에 닿는다
숨어 있던 물의 세계가 내 눈 속에서
새 울음처럼 둥글게 퍼져나간다

물속 어딘가에 있는 검은 숲을
스스로 찾아가도록
일렁거리는 물은 발을 걷게 한다

그 숲에 가본 적은 없는데
발은 길을 아는 것처럼 저 혼자
잘도 걷는 척을 한다 그런데

오늘은 머리가 젖은 적이 없는데
수면에 자꾸만 떨어지는 이 물은
어디에서 오는 것인가

몸통을 꽉 쥐고 있는 물에는
가만히 있을 수 없도록 물결이 일고
단풍나무 그늘은 주름이 지고

카카오

톡, 화면을 열자 십이월 오늘
'생일인 친구'에 그의 이름이 뜬다
지난여름에 죽은 사람인데
생일은 남아 찬바람에 식어가고 있다
함께 협궤 열차를 타고 바닷가 역까지 갔던 사람
이제 그 역은 사라지고 더불어 기차도 사라지고
협궤는 남아 멀리 사라지는 길 끝을 보여준다
이 길은 기어코 철거가 될 것인데도
철로변에 누가 심었나 카카오나무 한 그루
이 추운 곳에서는 살 수 없는 나무 그것이
이파리를 쑥쑥 내밀어 바람을 부르고
카카오 카카오 오 카카오 열매를 부풀린다
오늘 폐역사에 툭 떨어진 카카오 열매 하나
초콜릿이 되기에는 아직은 너무 쓴 열매

손과 마음

　오른쪽 어깨가 왼쪽에 비해 조금 아래로 기운 것은 누구의 탓도 아닙니다 옷을 입으면 셔츠의 오른쪽 소매는 마음을 감추지 못하고 겉옷 밖으로 삐져나옵니다 한발 앞서 걷다가 한발을 뒤로 빼던 어린 날부터 나란히 걷고 싶었습니다 걷는 것은 몸의 일입니다만 당신의 왼쪽에 서서 걷는 것은 마음의 일이라 어깨가 기우는 것은 어쩔 수가 없습니다 어깨가 기운 것을 두고 누군가는 오른손을 많이 써서 그렇다고 합니다만 그럴 리가 있겠습니까 손은 마음을 따라갈 수는 없습니다

왼쪽에 대한 정의

　북쪽을 향하였을 때 서쪽과 같은 쪽이라고 국어사전에 나온다 왼쪽에 대하여 나는 그렇게 생각해본 적이 없다 서쪽은 견딜 수 없는 방향 한번 넘어가면 다시 넘어올 수 없는 고개 그러니 나의 왼쪽은 서쪽보다 아직은 그믐 이를 악물면 지나가는 밤이다 고개를 외로 돌리고 서쪽을 왼종일 바라보아도 그 방향은 오른쪽이 아니어서 틀렸다 아직까지는 나의 오른쪽에 당신의 숨소리가 있고 당신은 이인칭 대명사 그리고 사전에는 왼종일이 아니라 온종일이 맞다고 나온다 사전은 그저 사전일 뿐 가끔만 따르는 것이 좋다

고개를 젖히는 일

당신을 기다리며 콜라 캔을 따는 소리는 뭐랄까, 어떤 생이 내게로 다가온다는 뜻인가, 속은 보이지 않지만, 걸음걸이가 출렁거린다는 뜻인가, 캔을 따놓기만 하고 콜라를 마시지 못하는 것은 당신을 보려고 이 골목 저 거리를 기웃거린 탓인데, 고개를 좌우로 돌리기만 하다가 코끝에서 다 흩어진 콜라의 향기, 캔을 손에 잡고 천천히 들여다보고, 캔을 손에 잡고 기울여 마시려면, 고개를 뒤로 젖혀야 하는 일, 그리고 아! 하며 앞으로 숙이는 일

몽골

서쪽은 가야 할 곳이었으나
동서남북을 가늠하기 어려운 자갈사막이었다
바람에 몸을 떠는 수많은 자갈 중에서
어느 것 하나 서쪽을 가르쳐주지 않았다
너른 사막 너머에는 감금된 사랑이 있고
사랑을 구하는 것이 사랑이라면 사랑은
누군가 지나간 길을 버리는 일
돌멩이가 되었다가 바람이 되었다가
눈을 감고도 별을 보는 일
그러면 천천히 고개를 돌려도
눈앞은 모두 서쪽

가만히

　올 칠월은 장마가 길었습니다 팔월 더위가 오고 있다는 것
이지요 선풍기 한 대로 여름을 나던 시절에 아버지는 자주
가만히를 말하셨습니다 그러면 정말로 천천히 바람은 만들
어졌습니다 에어컨도 없이 자취를 하던 어느 칠월에는 아침
마다 젖은 침대에서 혼자 일어나야 했습니다 뜨겁던 그해
팔월에 아버지는 가만히 돌아가셨습니다 천천히라도 바람
은 불지 않았습니다 올 장마는 이제 끝물이고 이명처럼 매
미가 우는 팔월이 옵니다 매미의 울음과 울음 사이가 문득
넓어지면 아주 천천히 나지막한 소리가 귀에 돕니다 그
러면 바람은 어느새 살에 와 묻습니다 한 방울의 물이 대접
의 물에 떨어져 울리듯 참 고요하고 청명한 가만히, 가슴에
나부끼는 가만히

팝업
—광장

마을 광장으로 가는 길은 계단이 유일했다 월요일 오전에 한 사내가 오른쪽으로 휜 계단을 다 내려오고 정확히는 마지막 계단을 밟을 때 광장은 순식간에 펼쳐졌다 맑은 날이었고 광장 주변의 플라타너스들도 바람에 빛났다 눈을 감았다가 뜨면 원하는 무엇이든지 튀어나올 것 같았다 울퉁불퉁한 박석들이 매끄러워지는 지점에 이르자 누워 있던 은행이 눈앞에 섰다 딸랑거리는 유리문을 열면 제때 만들어지는 은행원의 미소

미소를 상환하는 것 외에는 아무것도 할 수 없는 은행을 나오자 비가 쏟아졌다 하늘을 올려다보자 은행 옆으로 편의점이 벌떡 섰다 우산을 사는 것보다 비가 그치기를 기다리는 것이 옳을까 얼굴을 쓰다듬었다 손에서 이끼 냄새가 났다 비는 그치지 않았고 뿌리 없이도 이끼가 광장을 덮기 시작했다 광장 너머 계단은 아득도 하구나 계단은 휘어 있어서 위와 아래의 끝은 마주볼 수 없었고 그 너머는 더욱 보이지 않는 세계 한 계단 한 계단 젖은 사내가 왼쪽으로 돌며 사라져도 물에 잠긴 광장은 접히지 않았다

이 꽃잎은 어디에서 날아왔을까

볕이 좋아 내 어릴 적 어머니처럼 도마를 창가에 내어 말립니다

유월의 오전은 옛날 같아서 집 앞의 숲은 일렁입니다

어느덧 몸집이 커진 새 새끼들의 울음으로 숲은 거칠기만 합니다

높은 사시나무 우듬지는 아득한데 뻐꾸기 한 마리가 이승에 앉아 있습니다

그는 칼자국 가득한 도마가 제 새끼인 듯 창가 쪽으로 연신 울어댑니다

사시나무는 저의 흰 손바닥들을 펴서 아무것도 없다는 듯 연신 팔랑거리고

아까시꽃도 다 진 초여름인데 어디서 날아왔을까 싶도록

새끼손톱만한 꽃잎 하나가 도마 위에 무연하게 붙어 있습니다

흠집 많은 날들에게 보내는 너무 먼 곳의 편지는 사연은 없고 붉기만 합니다

3부

느리고 긴 식탁

서랍 속의 어둠

너무 오래 나는
혹은
너무 멀리 당신은
혹은
너무 그리고 또 너무
이런 너무들은 이제 버려도 되겠지만
서랍장은 늘 거실 구석에 눈뜨고 있었으므로
누군가의 모든 것을 넣었다가 또 꺼내어주었으므로
 서랍 속의 너무 짙은 어둠은 버리지 말고 간직할 만한 것
은 아닌가

자두를 먹고

그 여름에게는 처음의 자두였고 그 자두에게는 마지막 사람이었다 혹여 자두가 내 입술에 남긴 것이 있었으나 훗날을 기약할 수는 없었다 자두를 다 먹고 붉은 날들이 쓸쓸해지지 않도록 딱딱한 내심을 하늘가에 묻어주었다 그후로 노을이 더욱 짙게 자라는 저녁에는 보이지 않는 곳을 그리워할 줄 알게 되었다

느리고 긴 식탁에 나는 앉아 있었네

엎어진 간장종지에서 간장이 흘러 식탁보를 적셔도 아무
도 모르는 오후

삼월이든 시월이든 그리고 누군가와 함께였거나 어느 골
목이었거나

결국에는 가로등 불빛 속에 발자국 두어 개를 두고 왔거나

나는 늘 간장종지가 있는 느리고 긴 식탁에 앉아 있었네

식탁 가득 희미한 간장냄새를 몸에 묻히는 날들이었네

두부 한 모와의 밤

나의 오후는 두부 한 모 사는 일로 가득합니다
두부가 흔들거리면 나의 윤곽은 반듯해집니다

멀리 가서 두부 한 모를 받아들고 돌아오는 길은
두부가 비로소 두부가 되는 길입니다

두부는 내게로 와서 드디어 말랑거립니다
오늘 저녁에 나는 두부 한 모를 가진 사람입니다
나의 생애와 두부의 생애로 이 밤이 물컹하며 지나갑니다

구릉의 집

너른 들판 가운데 구릉의 집은
먼 곳 대신에 하늘을 가졌다
굴뚝은 뜻 없는 편지를 자주 썼다

먼 곳이 아프면
하늘의 배를 둥글게 쓸어주었다
고개를 들고 또 천천히 고개를 내리는 날에
바람은 너울 같아서 창문이 조금 더 닳았다

한 방향 물결무늬로 우는 유리창으로는
눈에 바른 모든 풍경이 따라 울었다

구릉의 집은 먼 곳 때문에
처음부터 평평하지 않도록 태어난 집이다

기운 땅에 앉힌 의자

내려가는 사람에게는 내리막이고
올라가는 사람에게는 오르막인 길
그 길가에 그늘 짙은 단풍나무 한 그루가 있고
그 나무 아래 장의자 하나 있고

의자는 단풍나무처럼 곧게 서려고
아래쪽 다리 두 개를 힘껏 키웠으나
평평한 의자에 앉아 쉬며 사람들은
의자 다리가 짝짝이라고 했다

볼품없는 서랍들

우리집 거실 구석에 놓인 키 큰 서랍장은 목각 기린의 목을 베어놓은 듯해서 아침저녁으로 심장을 꺼내어 보여주는 그 어린 기린 열두 개의 작은 서랍을 지닌 기린

명동의 카페에 팔려와 크리스마스의 길거리를 지키던 기린 눈을 맞으며 누군가를 기다렸을 그 어린 기린은 또 어느 지하 룸살롱에 팔려가 아픈 먼지를 뒤집어썼을 그 목각 기린은 아무리 기다려도 아무도 오지 않는다는 걸 알았을까

어느 날 우리집 거실 구석에 제 목을 내려놓고 네 발의 몸이 어디론가 사라진 날부터 나는 그 어린 목각 기린의 목을 서랍장이라 불렀지 아침에는 서랍을 열어 지갑과 열쇠를 꺼내고 저녁에는 서랍을 열어 지갑과 열쇠를 넣고 아무리 기다려도 아무도 오지 않는다는 걸 서랍들은 알고 있어서 우리집 거실 구석에 놓인 갸름한 서랍장은 그저 볼품없는 심장을 꺼내어 보여주는 열두 서랍들

서머 애비뉴에서의 다짐

지난봄 그대에게 쓴 나의 글자들은
끝내 뜻을 만들지 못하고 구름이 되었다
나를 따라 여름에까지 이르러서는
간밤에 마저 내리는 비가 되었다
비 갠 이튿날은 늘 별 뜻 없이 맑고
손잡은 가로수들을 따라 집을 나서면
걸음은 서머 애비뉴 끝의 가을로
간다는 것이었다
하늘은 상처 하나 없이 청명했다
아주 흘러가버리기 전의 물 글자들은
젖은 포석 위에서 글썽거렸다
굳은 다짐을 하기 전의 어떤 표정이었다

12월 31일의 윤곽
―J와 H에게

산타트리니타 다리 위로 눈이 올 것 같은 오늘
저쯤의 옛날인 베키오 다리를 바라보면
피렌체에는 강물이 흐른다*
눈동자 속에 숨겨둔 사랑을 만난다는
내 허름한 다리 위의 마지막날도 저물고

다리를 건너는 오 분의 한가운데는 영원한 오 분
난간 아래로는 다리 위에 집을 세운 사연만 흘러와서
사랑하는 사람을 위해 저기 밥을 짓는 연기
문고리를 만들기 위해 망치를 내리치는 저 소리
그러니까 옛 다리 베키오는 흘러오는 모든 것

아직 눈은 오지 않고 눈이 흐린 사람 하나가
어깨를 스치고 지나갔을지도 모르는 다리 위에서
눈을 뜨면 물을 따라 강변을 걷는 사람들
12월도 사랑도 윤곽은 없고 그저 흐르고 깊다
조금씩 덧칠한 어둠처럼
스푸마토**처럼

* 피렌체를 가로지르는 아르노강은 베키오 다리와 산타트리니타 다
리 아래를 차례로 지난다. 베키오는 '옛' 혹은 '오래된'이라는 뜻이다.
** 윤곽선이 자연스럽게 번지도록 그리는 회화 기법.

맑은 콩나물국

여행에서 돌아오니 냉장고의 콩나물이 물러 있다
무른 콩나물은 버리고 먹을 만한 콩나물은 골라 그릇에
담는다
버려야 할 것들까지 버리지 않으려고 애를 쓰다가
새벽의 노동 속에서도 계절이 흐르고 나는 가족을 이루
었구나

좁고 기다란 식탁에는 김이 나는 콩나물국
고춧가루도 치지 않아 얼굴이 비치는 어느 아침
한 식구는 건더기를 모두 남기고
한 식구는 국의 절반은 버리고
국이 식도록 방에서 나오지 않는 식구도 있는데
맑은 국물 위의 떠도는 얼굴들은 모두
매운 점심을 지나 어느 무른 저녁으로 갈 터이니

버리려던 콩나물의 절반을 얻은 것이 기쁘고
오늘은 가족이 모두 콩나물국을 먹을 수 있다고
생각하며 서 있던 그 새벽의 고요가 기뻤으므로
손에 가득한 콩 비린내로 얼굴을 쓸며
해가 어디쯤에 가고 있는지 창밖을 내다본다

딤섬(點心) 딤섬(點心) 딤섬(點心)

진짜 홍콩 사람과 진짜 딤섬을 처음 먹던 날
그동안 먹던 중식과는 다른 맛이었는데
그거 딤섬은 광동 음식이에요
그 외의 중국 음식들은 모두 쓰레기예요

그동안 나는 뭘 먹었던 것일까
수많은 중국집에서
수많은 짜장면들과 수많은 탕수육들에 대한
나의 경건은 모두 오해였던가

딤섬의 우리식 발음은 점심
점심에만 딤섬을 먹을 거라는 것도 나의 오해
마음에 점을 찍듯 먹어야 한다는 것도 나의 오해

딤섬 식당의 돌아가는 원탁 위는
빙빙 돌아가는 나의 지구의
지구의 지구에 의한 지구를 위한 나의 딤섬
여러 번 불러보면 혀가 꼬이는 딤섬 딤섬 딤섬
헤어나올 수 없는 깊은 섬

이번 태풍의 이름은 Prejudice

거리를 걷다가 올려다보는
아, 태풍이 지나간 저 하늘은

여전히 흐리고 비는 오고 바람도 아직 분다 태풍의
꼬리에 붙은 구름들이 허겁지겁 돈다 서에서 동으로
기상 캐스터가 말했듯이 태풍이
시계의 반대 방향으로 돌고 도는 이치를
애틋한 구름들은 온 힘을 다해 시전해 보이고 있다

아버지가 아들에게 떡 먹는 법을 보여주듯
어머니가 딸에게 떡 만드는 법을 가르치듯

구름을 올려다보면 태풍은 시계 반대 방향으로 돌고
구름을 내려다보면 태풍은 시계 방향으로 도는데
거리에 서서 두터운 하늘을 올려다보는 사람들
비가 오니 우산은 접을 수가 없고

백미! 쿠쿠가 맛있는 취사를 시작합니다

신혼 시절 전기밥솥을 사와서 처음 밥을 할 때
밥을 짓겠다는 밥솥의 여자 음성은 젊었지만
'맛있는 취사'는 비문이라고 한마디했다
밥솥 회사에서도 이 문장을 두고 전략 회의를 했겠지
그래도 뭔가 전략적이라 그대로 두었겠지

그 밥솥도 이제 바꿀 때가 되어서 전원을 뽑으려다가
정든 목소리 한번 더 들으려 쌀을 씻고
물을 재고 마지막으로 버튼을 누른다 밥을 안친다
그녀의 마음에 끼니를 들어앉히고 기다린다
추가 돌아가고 김이 솟아오르고
아궁이 앞에서 곤로 앞에서 그리고 쿠쿠 앞에서
쿠―쿠 하고 웃던 그녀

아이들은 언젠가부터 전기밥솥의 밥이 맛이 없다고
늙은 냄새가 난다고 해서 그럼 밥솥을 바꾸자 했다
전략기획팀에서 매년 조금씩 기능을 업그레이드해서
매장에는 다양한 새 제품이 반짝거리지만
별수없이 또 전기밥솥에 여자의 목소리를 넣어야 했겠지

그러면 젊은 여자는 가득 참았던 증기를
길게 배출하는 세월을 살겠지
쿠쿠가 맛있는 백미밥을 완성하였습니다

밥을 잘 저어주세요 웃으며 말하겠지
그 목소리도 낡아가겠지

4부

보이저

맨몸

등 한가운데 창에 찔린 자국을 지니고
대중목욕탕 구석에 서서 샤워를 하는 사내

등뒤에서 날아왔을 창
깊게 심장을 찌르고 천천히 빠져나갔을 창
그 창에 찔린 날의 흔적이
조금씩 꽃문양으로 변한 줄을 아는지 모르는지

사내는 오래 서서 오래 씻는다
새로 입는 물옷은 자꾸 벗겨지기만 하고

이윽고 젖은 발자국을 남기고 사라진 사내
목욕탕의 문은 열린 적이 없는데
누가 나간 적이 없는데

어떤 옷으로도 가려지지 않는 맨몸을 두고
사내는 어디로 갔을까
물을 따라 수챗구멍의 어둠 속으로?
아니, 심장 가까이에 핀 꽃 속으로?

욕실의 조도

어둠이 옅게 쌓인 욕실
문을 열어두면
불을 켜지 않아도 되는 이곳의 조도를
무슨 요일로 불러야 하겠습니까

이를 닦으면 어렴풋하게
칫솔 통과 거울과 가을밤이 있는 곳

아무리 쳐다보아도 매번 바뀌는 거울이 있고
때로는 온 힘을 다해 치약을 쥐어짜도
흘러나오는 것이 없는 날이 있고

어둠 속에서 이를 악물고 이를 닦을 날이
다가오고 있는 이곳의 조도를
그저 오늘이라고 부르면 되겠습니까

여름의 색

거울을 보며 머리를 자르는 아침
어쩔 수 없지
더운 여름에는 긴 머리가 싫으니까

눈을 뜨고 뒷머리를 자르면
욕실의 거울은 궁색을 떠지

이런 계절은
오지 않을 줄 알았어

사실, 이 좁은 곳의 조명은
다른 색이 없다는 걸 알아야 돼

하지만 내 뒤를 보아줄래?
그러면 내 여름의 색이 궁색이어도 괜찮아

사과를 잘 먹는 새

사과를 잘 씻어서 과도로 자릅니다
반은 아내에게 주고 반은 내가 먹습니다
접시에 남는 것은 꼭지와 속입니다
사과를 잡고 키우던 꼭지는 마르고
속은 차올라야 잘 익은 사과입니다

아침저녁 창가에 찾아오는 새는
잘게 썬 사과의 속을 잘 먹습니다
여섯 번 두리번거리고 한 번을 쪼아먹는 새
흑연 같은 눈을 바람에 닦습니다
난간을 꼭 쥐었던 발은 가늘게 떨고
날이 추워지면 아주 멀리 날아갈 새입니다

썰어준 사과는 먹고 지어준 이름은 들고
가슴의 어린 깃은 감추려 해도 감출 수 없도록
짧은 울음을 흘리며 멀리를 바라봅니다
나는 생각할수록 너무 먼 하늘입니다
아침저녁으로 이슬은 차가워지기 시작합니다

예래동

　어둑한 길을 따라 되돌아오는 저녁이 많습니다 그녀는 나무가 하늘을 덮어주는 우리의 길이 좋다고 합니다 풍차가 돌듯 바다에서 소금기가 올라올 때 우리는 집을 나서고 말 없는 귀갓길에는 보름을 갓 지난 달이 뜹니다 걸음 앞에 조금 더 가까워진 집은 걸음만큼 매일 더 어두워지겠습니다 우리가 사는 곳은 바다와 가깝지만 밤에는 검은 물결이 보이지는 않습니다 보이지 않는 것들은 소리를 내는 재주로 길을 만듭니다 나는 사람에 큰 재주가 없지만 제주에 예래동이 있고 예래동에는 그녀가 있어서 예로부터 먼 훗날까지 이 길을 걸어가리라 돌아보지 않아도 섬의 한가운데에는 큰 산이 있겠습니다

어떤 새는 숨어서 울고

집과 숲의 거리는 서로의 눈동자를 들여다볼 수 있는 사이, 나의 눈에 모여 사는 새들은 모이고 흩어지기를 잘해서, 박새는 과일을 먹고, 멧비둘기는 알곡을 먹고, 물까치는 떼로 먹고, 여름새는 심드렁하고, 겨울새는 몸을 잘 숨기지 못한다 숲에는 더 많은 새들이 있고 그 이름을 다 알 필요는 없지만, 어떤 울음은 매일 들어도 그 몸을 볼 수가 없어서 꼭 한번 이름을 물어보고 싶은 새, 봉함엽서처럼 숨어서 우는 새, 절취선이 없어서 뜯어보지도 못하는 편지인 듯, 거칠게 우는 새는 귀에만 살아서 눈을 감아야 하는 여름이 지나면 울음을 거두고 멀리 간다 한다 숲에는 숨어서 우는 새는 있고, 떠나면 내년 봄을 기약할 수 없는 새는 있어서 눈 속의 가을 숲을 다 비워내면 그곳에 소리 없이 서리가 내린다

양말 한 짝

오래 앓던 사람을 묻고 돌아와
묵은 빨래를 하는 그녀에게는 아직
무덤의 흙이 마르지 않은 가을이 있네

빨래를 개야 하는 월요일이 있고
아무리 찾아도 오른쪽만 남은 양말 하나가 있어서
천천히 오므리는 왼손의 온기를 둘 데가 없네

빨아도 지워지지 않는 걸음들을 묻히고
양말 한쪽이 물끄러미 창밖을 묻네
홀쭉한 가을 한나절은 개켜지지 못하고
기어이 고개를 외로 튼 저녁을 맞네

젖은 볕

  밤새 축축해진 베개를 아침 볕에 밀어넣고 말렸다 매일은 내게 쪽창만큼의 볕을 주어서 오전 내내 도망가는 볕을 따라 베개를 말리며 한평생이 갔다 오전에 멀리 나갔다가 돌아오는 날에는 오후 내내 여름 빗방울은 가늘어지고 새가 멀리 가는 것을 보다가 축축한 베개를 베고 잤다 옛날이 묻은 저녁이 빨리 왔고 볕은 서둘러 식었다 저녁 볕은 이미 밤 속으로 젖어드는 볕이고 젖은 볕이고 떠나는 볕인데 그 볕에 나의 덜 마른 베개를 맡겨볼 생각은 못했다

섣달

쏟아지던 장맛비를 소리 없이 맞던 그 여름의 숙연을 잃고 섣달 아까시가 마른 겨울을 위해 가늘게 떨어준다 나는 겨울에도 춥지를 못해 먼길을 가는 사람의 뒤를 쫓아가지도 못하고 나무처럼 바람에 떨 줄도 모른다

아까시는 비탈에 제 뒤꿈치를 주고도 섣달에는 언제든지 떠날 표정을 풍경에 쏜다 박새는 풍경 속으로 날아와 잘 여문 씨들은 발라먹는다 씨앗 몇 개가 스스로 후드득 땅으로 떨어지고 나면 섣달도 간다

삼월 안목

삼월은 강변 버들에 색이 들어오듯 내게로 와서
그 삼월에게는 집을 나서는 새벽과
강변으로 나가는 좁은 길이 있습니다
간장종지가 엎어진 느리고 긴 식탁의 계절들을 지나
입을 틀어막고 자도 샐 것들은 새어나오는 밤들을 지나
갈림길의 왼쪽과 또 갈림길의 오른쪽을 지나
강물의 끝나는 곳에는 안목이 있습니다
나는 물길을 따라 오래 걸어온 듯합니다
자주 오는 삼월은 너무 가깝고 사람의 길 끝에도
혼자 보는 바다, 안목은 있습니다 거기에는
바닷물에 젖는 당신의 발자국이 있습니다
오지 않는 사월이 있습니다

새벽 교실

아직은 빛이 들지 않는 집이고요
잠에서 나오면 일어선 발목에
바닥에 고여 있던 어둠이 묻습니다
거실로 나가는 복도는 느리고 깁니다
책상의 책은 엎드려 있고 라디오는 켜지 않습니다
다정한 소리들은 모두 창밖에 있습니다
하지만 문을 열어도 지금은
밤의 새들은 울지 않고 낮의 새들도 울기 전입니다
다만 높은 가지 끝에서 멧비둘기 한 마리가
들숨에 두 번 울고 날숨에는 삼킨 울음을 길게 뱉습니다
그제야 동이 트고 나의 얼굴은 오늘의 윤곽을 갖습니다
얼굴을 더듬어보면 오늘은 어제보다
눈과 귀는 조금 더 크게 입은 조금 더 작게 그려준 듯합니다
지저귀는 지금이 내게 고요하게 묻습니다
나는 듣는 수밖에 없습니다

당신의 옆얼굴과 함께

가을 저물녘에 거실 창가에 앉아
콩나물을 다듬습니다 손에 한 움큼 쥐고
무른 것과 단단한 것을 가릅니다
손이 비면 컵에 따른 맥주 한 모금 마십니다
그러면 잠시 창밖을 보는 시간이 오고
어느덧 상강도 오고
어느 비탈의 무밭은 금세 비겠습니다

당신은 부엌에서 이제 내 옆으로 옵니다
술만 마시고 언제 콩나물을 다 다듬느냐 묻지만
질문은 무가 다 뽑힌 긴 고랑 같습니다
그녀의 표정을 빈 밭에 널린 것들과 함께 엮어
처마 안쪽에 걸어놓습니다
이 겨울을 그것들이 눈감고 잘 마르면
내년에는 건건한 국을 끓일 수 있겠습니다

한 움큼의 손은 자주 비고
버려지는 것들이 점점 많아집니다
맥주 한 모금 목구멍으로 넘어가는 해질녘은
잠시 환했다가 서둘러 가버립니다
그래도 오늘은 당신의 옆얼굴과 함께
지독하게 어두운 밤을 보낼 수 있겠습니다

하현

그 밤에 하현달이 남긴 문장들을
둥글게 말아 베고 나머지의 밤을 깊게 잤다
하현은 그날 이후로 야위어갔고
내 머리에 새겨졌던 약속들은
베개 속으로 흘러들어가 나오질 않았다
초승이 오고 또 보름 지나도록
몇 날 며칠의 한밤중이 베갯잇에 가득 묻어도
내게 말을 걸던 하현은 다시 돋지 않았다

가을 저녁의 십 분 앞으로

깊어서 속을 알 수 없는 가을의 저녁에는
노을을 바라보며 서 있도록 육교가 있고

차가운 난간과 붉은 먼 곳을 함께 가질 수 없어서
주머니에 손을 넣고 육교를 마저 건너는 사람

어두워지는 십 분 앞으로 달려가는 차들의
앞뒤로 흘리는 불빛을 몸에 묻히고 집에 돌아와
맹물을 불에 올리고 달걀을 삶으면

뜨거워질 십 분 앞으로 달걀을 밀어넣는다 해도
불을 끄고 찬물에 넣고 오래 바라본다 한들
차가워지기만 하는 달걀의 속이 무엇을 품고 있는지

깨뜨려보기 전에 알 수 있는 어떤 도리를
가을밤은 가지지 못하였다

무언의 언약

건전지만 넣는 작은 서랍이 내게 있어요 새것이나 다 쓴
것이나 모두 건전지여서 온전히 건전지 서랍인 거죠 서랍을
열어 폐건전지를 넣을 때마다 다 쓴 것과 안 쓴 것이 섞이지
않도록 마음속에 표시를 해두었어요 무언의 언약 같은 것이
었지요 서랍 속에서는 가끔 떼구루루 구르는 소리가 났어요
필경 뛰려는 마음과 누우려는 마음이었겠지요 나는 마음속
의 표시를 잊지 않으려 했지만 서랍은 낡아가고 구르는 소
리들은 단지 안녕과 안녕이었어요 무언의 언약은 비문이어
서 훗날 나는 무엇을 버리고 무엇을 간직해야 하는지 온전
히 모르는 서랍을 갖게 될 거예요 입 밖으로 나오지 않은 언
약을 따로 버리는 아픈 서랍이 있어야 할까봐요

바람 뭉치

주먹만한 깃털 뭉치는
아침마다 흑심 같은 부리로
창문에 쏩니다 그러나 유리에는
아무것도 새겨지는 것이 없으니
나는 창문을 엽니다

한 알의 바람이 자라
깃털 뭉치가 되는 긴 시간에
나는 불을 만들었고
노래를 짓고
사랑을 엮었습니다만
그의 말이 안부인지 추모인지
혹은 작별인사인지도 모르고
아침을 기다리기만 합니다

변심의 궁전

자꾸 변심하는 애인에게 광장과 골목을 가르치느라 지쳤는데 예보에 없는 비가 와서 급히 몸을 피한 곳이 궁전이었다 한 방을 지나면 또다른 방이 나오는 궁전, 문을 열고 들어가는 누군가를 얼결에 따라서 들어가는 궁전, 돌아보니 등뒤의 문은 다시 열리지 않는다고 했다 다음 문을 여는 자들을 계속 따라가야 하는 것인지 뒷문 여는 방법을 찾아 돌아나와야 하는지 내 안의 미궁을 탓하다가 탕진하는 생은 있어서 창문 없는 방을 지나 또 전등빛이 점점 흐려지는 그런 방들이었다 궁전의 남은 방이 몇 개인지 알 수가 없어서 어느 방 벽난로 앞에 변심하는 애인을 두고 기다리라 했다 곧 돌아오겠다는 말을 믿는 것도 같았다 그러나 아뿔싸 금방 출구가 나타날 줄이야 궁전 안에 애인을 두고 비가 갠 거리에 나오니 문도 많고 방도 여전히 많았다 변심하는 것은 애인이 아니라 나의 걸음들이었다 애인은 원래부터 옆에 없었다

늦여름 새

올봄에 알을 깨고 나온 어린 새가
부스스한 늦여름의 난간에 앉아 운다
가슴과 머리에는 아직 솜털이 남아 있고
날개와 꼬리에는 제법 겨울 깃을 지녔다
숲을 떠나올 때 긴 울음소리를 들었으리라
모서리가 찢어진 풍경을 발에 쥐고
오래 날았으리라 몇 개의 숲을 건너
이제야 울어보는 늦여름 난간의 새
가슴 솜털 몇 오리가 바람에 흩날려 날아가고
까만 눈으로 먼 숲을 바라보는 늦여름 새

그만둘 수 없는 일

나는 이제 그만두려 하네
방문 손잡이를 잡고 오래 생각하는 일을
새벽달을 보며 베개를 고쳐 베는 일도
그 캄캄한 일들은 다 그만두려 하네

하지만 어쩌나
사랑한다고 말하는 그 일은
영원히 그만둘 수가 없네
시작하지도 못하였으니
그만두려 해도 그럴 수가 없네
하다 말 수 없는 참으로 딱한 일이네

열리지 않는 서랍

　서랍이 열리듯 과수원의 사과나무 꽃그늘은 다정했습니다 잊어서는 안 될 약속을 넣고는 잘 닫았습니다 자물쇠의 비밀번호는 몸에 새긴 맹세였으나 나무 사이로 걸어나오다가 그만 잠에서 깼습니다 순식간에 어둠 한 겹을 건넜을 뿐인데 굳은 약속도 비밀번호도 도무지 생각나지가 않는 새벽이었습니다 봄날이 사월의 아침으로 나를 밀어냈고 나는 물 위를 걷듯 하루를 살았습니다 발아래 물속 과수원은 어른거리기만 했고 한번 닫힌 서랍은 다시 열리지가 않아서 주머니에 손을 감추고 신발에 걸음을 감추고 밤이 오기를 기다렸습니다 꽃꿈은 오질 않고 언 꿈이 왔습니다 빙하 그 깊은 속으로 조금씩 더 들어가는 서랍을 보았습니다 얼음 평원이 녹기를 간절히 바라며 내가 서 있었습니다 밤이 녹고 있었습니다

보이저

　모로 누우면 남쪽 창으로 하현이 들어옵니다 밤늦게 뜨는 달입니다 낮에 뜬 달이나 저녁에 뜬 달은 모두 멀어지는 어제의 일이고요

　참 편안한 신발이었거나 다정한 문고리였거나 목에 잘 맞았던 베개는 그믐에서 초승으로 건너오지 못하고 지금 내게는 모로 누워 아픈 어깨와 창문을 막 벗어나려는 하현뿐입니다

　한밤의 창문은 빛나는 세계 내게는 아직 하현이 있고 희미하게 흔들리는 커튼이 있습니다만 창틀 너머 너무 멀리 간 것들로 나의 방은 끝없는 두 평의 어둠을 만듭니다 그 속을 당신은 아직도 혼자 가고 있겠지요 이 아픈 생각의 끝보다 더 멀리 가는 당신 도착은 없이 가기만 하는 당신 가다 가다 한 번은 돌아보며 손을 흔들어주세요 나는 여태 이곳이어서 하현에 몇 자 적어 보냅니다

해설

사라지지 않는다

최선교(문학평론가)

이 시집은 아래와 같은 장면에서 시작한다.

> 바닷가 허름한 두붓집
> 벚꽃이 피기 전에 모두부를 시켜놓고
> 나는 파도를 보네 어디로 갔을까
> 해변의 젖은 발자국들을 보네
> 막 일어서는 파도도 좋고
> 꽃이 필 사월도 좋지만 나는
> 다정한 모두부의 윤곽을 더 사랑하네
> 모두부의 비밀은 자르기 전에도
> 눈물겹도록 알 수가 있네
>
> ─「모두부를 시켜놓고」 전문

"바닷가 허름한 두붓집"에 앉아 "파도"와 "해변의 젖은 발자국들"을 바라보는 '나'가 있다. "막 일어서는 파도"는 이내 부서지고, 부서져서 사라졌다고 말하기 전에 다시 일어섰을 것이다. 조용하고 끈질기게 반복되는 파도의 있음과 없음. "해변의 젖은 발자국들"은 흔적만 남았다. 이건 있다고 해야 할까, 아니면 없다고 해야 할까. 흔적만 남긴 채 사라진 걸음을 보며 생각한다. "어디로 갔을까".

아마도 이곳은 잠시 뒤 "꽃이 필 사월"이 될 바닷가. 파도 거품 같은 벚꽃이 만개할 것이다. "막 일어서는 파도도 좋고/ 꽃이 필 사월도 좋"다. 하지만 "벚꽃이 피기 전"의 바닷가에서 '나'는 눈앞에 놓인 "다정한 모두부의 윤곽"을 바라본다. 그리고 그 "윤곽을 더 사랑"한다고 쓴다. 때가 되면 있을 것들이 아직 오지 않은 자리에서 단순하고 단단한 두부가 가물가물하게 흩어지는 시의 윤곽을 반듯하게 잡아둔다. 곧 사라질 것(파도)과 아직 오지 않은 것(벚꽃)으로 가득한 이곳에서 "다정한 모두부의 윤곽"이 우뚝 도드라진다. 두부에게 비밀이랄 것이 있겠느냐마는, 비밀이 있다 한들 그것은 "자르기 전에도/ 눈물겹도록 알 수가 있"는 것. 단순한 삶의 윤곽 앞에서 왜 그 비밀이 "눈물겹"게 느껴지는 것일까.

자르기 전부터 모든 것을 알 수 있는 두부의 비밀이 눈물겨운 까닭은 그렇지 못한 삶 때문이다. 두부의 명백함 앞에서 삶은 늘 우리를 어리둥절하게 만드는 어려운 숙제처럼 느껴진다. 「어느 스위치 이야기」에서 '나'는 이사온 새집의 화장실 스위치가 "급히 누르면 불이 들어오지 않아서 잘 다루어야" 한다는 사실을 깨닫는다. "그날 이후로" '나'는 매일 조금씩 희미해지는 불빛을 보며 "화투짝만한 마음의 어디를 누르면 되고 또 어디를 누르면 안 되는지 알지 못하고 많은 계절이 갔다"고 고백한다. 고작 화투짝만한 마음일 텐데 평생을 모조리 써도 도무지 감을 잡을 수 없는 것이 삶이라는 말이다. 이 시집은 그 삶을 둘러싸고 일어났다 사라지는 파도 같은 시간을 가만히 바라본다. 두부의 명백한 윤곽과는 너무나 다르게 흩어졌던 "많은 계절"을 성실하게 떠올린다.

지난 시집 『그래요 그러니까 우리 강릉으로 가요』(창비, 2022)에 수록된 「런던의 다락방 농사」라는 시는 흘러가는 계절을 두고 시인이 선택한 일을 잘 보여준 적 있다. 이 시에서 '나'는 사계절을 꼬박 겪는 농부의 자세로 "창 아래 누워 비를 익히고 구름을 터득"하거나 "계절 내내 비탈 창에서 비를" 기른다. 때가 되면 찾아오는 계절을 공들여 기르다보면 어느새 시인의 눈과 귀에는 계절의 풍경에서 수확한 열매로 가득하다. 그렇게 "다락방 농사가 잘되었다"라고 말하는 순간이 찾아와도 그것이 끝내 마침표가 되지 않는 것은 살아 있는 한 반복될 계절과 풍경 때문일 것이다. 심재휘의 이번 시집 역시 봄과 여름, 그리고 가을과 겨울의 정취를 고르게 담아낸다. 눈물을 얼굴에 묻힌 사람 곁을 지날 때 내 볼에 스친 "봄볕 아래 벚꽃잎 하나"(「좁고 아주 느린 길」)가 "아까시꽃도 다 진 초여름"으로 옮겨왔는지 "어디서 날아왔을까 싶"(「이 꽃잎은 어디에서 날아왔을까」)다가, "빈 얼굴만 남아 가을을 맞"(「가을의 얼굴」)던 '나'가 어느새 "이틀째 겨울비가 내"(「간장냄새가 희미한 오전」)리는 빈집에 서 있다.

그러나 모든 색이 섞인 자리에 검은색이 남듯이 계절이 거듭 지나며 만들어지는 것은 조금 더 짙어진 어둠이다. 거듭되는 삶은 선명해진다기보다 "그저 흐르고 깊"(「12월 31일의 윤곽」)어지는 시간과 사랑을 남긴다. 어떤 마음들은 오히려 시간이 갈수록 구분하기 어려워진다. "다 쓴 것과 안 쓴 것이 섞이지 않도록 마음속에 표시를 해두었"으나 시간이 흐르는 동안 "뛰려는 마음과 누우려는 마음"이 마구잡이로 섞이다가, 나중에 꺼내어 다시 써보려고 했던 마음은 "단지 안녕과 안녕"으로 남는다. 끝내 '나'가 갖게 되는 것은 "무엇을 버리고 무엇을 간직해야 하는지 온전히 모르는 서랍" 하나뿐(「무언의 언약」). 윤곽이 좀처럼 드러나지 않는 "캄캄한 일들"을 마주하고 있자면, 마치 아무것도 시작하지 못한 것만 같은 기분이 들 것이다. "사랑한다고 말하는 그 일은/ 영원히 그만둘 수가 없네/ 시작하지도 못하였으니/ 그만두려 해도 그럴 수가 없네"(「그만둘 수 없는 일」).

　삶의 부피와 총량이 점점 늘어나는 동안, 이번 시집의 시선이 가닿는 곳은 변하려야 변할 도리가 없는 일상의 식재료이다. 하염없이 깊어지는 삶에 붙잡힐수록 길을 잃어버리고 말 것이라는 예감 때문일까. 「가을 저녁의 십 분 앞으로」에서 "깊어서 속을 알 수 없는 가을의 저녁"을 빠져나와 집으로 돌아온 '나'가 "맹물을 불에 올리고 달걀을 삶"는 장면은 평화롭다. 달걀은 언제나 달걀이었고, 이제 와서 그것에 대해 모르는 것이 있다고 말할 수 없다. 명백한 "달걀의 속"과 "깊어서 속을 알 수 없는 가을의 저녁"이 대비되며 조용히 달걀 삶는 저녁의 풍경이 깊어진다. "달걀의 속이 무엇을 품고 있는지// 깨뜨려보기 전에 알 수 있는 어떤 도리를/ 가을밤은 가지지 못하였다"라는 고백에서는 두부를 앞에 두고 사라질 것과 사라진 것을 생각하던 바닷가의 화자가 떠오른다. 삶의 레이어를 촘촘히 감각해 똑같은 어둠에서도 "매일 더 어두워지"(「예래동」)는 어둠을 보는 사람에게 두부와 달걀의 명백함이란 너무나 시적이다.

내게는 두부도 없이 이틀째 겨울비가 내린다 혼자 있으니 집은 빈집을 겨우 면한 저녁이 되어 달걀을 삶는다 창밖의 나무가 흔들려 그곳에 바람이 부는 줄 알겠지만 물이 끓어도 달걀이 익었는지는 알 수가 없다 오래된 삶은 오래된 짐작 적당히 삶은 달걀을 찬물에 식힌다

껍질을 까면 표정도 없이 말간 밤이 온다 나는 물에 간장을 푼다 내일을 향한 나의 다정에 색이 올라오도록 너무 멀쩡한 달걀을 넣고 힘껏 졸인다 창밖에는 비가 오는 소리가 있고 창에는 내가 있고 두부를 생각할수록 내일은 아무데서나 온다

껍질 까는 소리도 없이 그것은 와서 낡은 담벼락 그림자를 먼저 마당에 누이고 말없는 볕으로 집안 살림을 들춰내면 달걀을 먹는 오전이 된다 빈집을 면하도록 집에 퍼지는 희미한 간장냄새는 그러니까 어두운 독에서 우리고 우린 참 독한 질문 그러니 나는 두부가 먹고 싶은 것이다
　　　　　　　　　　　　　　—「간장냄새가 희미한 오전」전문

또 어떤 날의 '나'는 "겨울비가 내"리는 저녁에 다시 홀로 달걀을 삶는다. 창밖에서 비가 내리는 소리와 창 안에서 물

끓는 소리가 포개지며 텅 빈 집을 축축하게 울린다. 혼자 남은 이곳이 여전히 빈집처럼 느껴지지만 달걀을 삶는 '나'로 인해 "집은 빈집을 겨우 면한 저녁"을 맞는다. 이때 '나'는 "창밖의 나무가 흔들"리는 것을 보고 "그곳에 바람이 부는" 거라 잠시 생각했으나 사실 그건 "알 수가 없"는 일이다. 나무를 흔든 것은 그곳에 분 바람이 아니라, 바람이 부는 것이라는 '나'의 짐작이다. 조용히 달걀을 삶는 일상적이고 정직한 행위가 '나'에게 알려준 건 이런 것이다. 사실 여부는 좀처럼 알 수 없으며 그저 그러리라고 짐작하는 일이 삶이라는 것. 그런 삶 앞에서 우리는 아주 오랫동안 어리둥절할 것이다. "물이 끓어도 달걀이 익었는지는 알 수가 없다". 그러므로 "오래된 삶은 오래된 짐작"일 뿐.

끓는 물 속에 달걀을 넣어 익힌 뒤 찬물로 식혀 간장에 졸이는 동안에 윤곽이 있는 것은 없는 것을, 윤곽이 없는 것은 있는 것을 확장한다. 깊어지는 저녁은 점점 아득하게 느껴지며, 그럴수록 달걀의 선명함은 더욱 선연해진다. 반대되는 서로의 존재를 갱신하며 확장되는 삶의 감각이 빈집에 울리는 빗소리처럼 또렷하게, 점점 커진다. 그렇게 "두부를 생각할수록 내일은 아무데서나 온다". 아무데서나 오지만 꾸준히 오는 내일로 연장되는 삶은 손에 잡히는 순간과 그렇지 않은 순간 그 사이를 흐르며 쌓이고 삶은 오래되고 아름다운 짐작이 된다.

심재휘의 시에는 속을 알 수 없는 풍경을 바라보는 오래된 자세가 있다. 이 오래된 자세로 인해 계절은 반복되고 아침에서 저녁으로 흐르는 시간을 올곧게 따라가는 시선 역시 유일해진다. 모두에게 공평하게 주어진 풍경을 시로 쓸 수 있는 이유는 그것을 유일하게 바라보는 시선 때문이다. 세상에 수많은 자물쇠 수리공이 있겠으나, 열쇠를 잃어버린 사람에게는 문을 열어주는 한 명의 자물쇠 수리공이 유일한 존재가 된다. 본래부터 유일한 것이 아니더라도 눈앞의 풍경을 유일한 것처럼 응시하는 시선이 그의 시를 특별하게 만든다. "그 문이 유일하게 희망인 사람이 있어서/ 마이클은 유일한 사람이 되지"(「자물쇠 수리공 마이클」). 심재휘의 시를 읽다보면 그가 언제, 어떤 장면을, 무슨 마음으로 보고 있었는지 무척이나 투명하게 느껴진다. 투명하다는 것은 시와 시를 쓴 사람 사이에 어떤 거짓말도 없는 것처럼 느껴진다는 말이다. 가령, 어느 봄날 오후에 구걸하는 사내 주위로 기우는 볕을 바라보거나(「저녁 햇살은 비스듬하고 깊고」), 흐르는 강물 위에 그대로 남아 있는 단풍나무 그늘을 보는(「단풍나무 그늘」) 이가 써야 할 것은 다름 아닌 자신이 바라보고 있던 바로 그것뿐이었다는 느낌을 심재휘의 시는 준다. 그것을 보았고, 그것을 이곳에 적는다는 자연스러운 필연성. 그가 자신이 본 것을 쓸 때, 시를 읽는 사람은 시인의 눈을 빌려 가장 아름다운 방향의 시선을 선물받는다. 누군가의 정서가 짙게 묻은 서술을 읽으며 아름다움을 느끼는 일은 그야말로 놀라운 경험이다. 누구에게나 똑같이 주어진 풍경은 대체로 아무런 감흥을 주지 않을 때가 더 많기 때문이다. 그러다 시인의 시선을 빌려 그가 보았을 장면을 따라가보면, 그것이 실은 유일한 것이었다는 사실을 깨닫게 된다. 이것을 선물이 아닌 어떤 다른 말로 부를 수 있을까.

　　연필을 잘 깎아서 힘주어 쓰면
　　까만 글자들로 들어가는 아침의 마음은
　　종이 위에서 긁히고 번져도 저녁의 마음이 되지는 않지

　　지우개가 지나간 문장들
　　쓸어서 책상 귀에 모아놓은 비문들은
　　더더욱 저녁의 마음이 되지가 않지

　　그래서 연필과 지우개로 나는 노래를 짓지

　　그럭저럭 음정을 따라 노래를 부르면
　　목소리는 악보를 따라 저녁이 되기도 밤이 되기도 하지
　　흔히들 흘러간 노래는 고쳐 부를 수 없다고 하지만
　　조금 느리게 혹은 당신과 함께라면
　　아침에서 밤까지 나는 노래를 부를 수 있지
　　　　　　　　　—「연필과 지우개로 나는 노래를 짓지」 전문

'오래된 짐작'으로 연장되는 삶에서 중요한 것은 지금 '나'

의 앞에 놓인 시간을 쓰는 일이다. 순간에 가졌던 마음은 그 순간의 것이다. 미리 가질 수도 없고, 이미 가진 것을 고쳐쓸 수도 없다. 이 시에는 연필을 깎아서 아침의 마음을 공들여 꾹꾹 눌러쓰는 '나'가 있다. 아침의 마음을 쓴다는 것은 아침의 마음이 무엇인지 알고 있다는 말이다. 그러나 그게 '무엇인지' 알아도 그걸 '어떻게' 해야 하는지까지 아는 것은 아니다. 아침에 눌러썼던 마음이 긁히고 번져도 그것을 결코 저녁의 마음으로 바꿀 수는 없는 것이다. 하지만 가끔 '나'는 지나간 아침의 마음을 저녁의 마음으로 만들고 싶다. 지우개로 문장을 지워보기도 하고, 찌꺼기들을 책상 귀퉁이에 모아두기도 하지만 끝내 저녁의 마음은 되지 않는다는 사실을 확인한다. 무언가를 쓰다가 지우는 '나'는 윤곽이 있는 것과 없는 것 사이를 오고가던 중 노래를 짓기로 한다. 이미 쓰인 악보를 따라서 부르는 노래는 정해진 길을 벗어나지 않는 것처럼 보여도, '나'의 목소리가 부르는 노래는 이 세상에서 하나뿐인 소리를 낸다. 정해진 경로를 벗어날 수는 없으나, 그 길을 똑같이 따라가는 일도 불가능하다. 참으로 이상한 일이지만, 우리의 삶 역시 이런 방식으로 흘러가곤 한다. 시인의 말을 따라 계속 짐작하며 이어가보는 수밖에.

　노래를 부르기로 선택한 '나'는 원하는 마음을 쓸 수 있을까. 흘러가버린 마음을 고쳐쓰고, 지나간 마음을 붙잡아 앉혀둘 수 있을까. 시의 마지막에 적힌 고백은 이런 것이다. "아침에서 밤까지 나는 노래를 부를 수 있지". "그럭저럭"

음정을 따라가다보면, 연필로 쓰거나 지워 만들 수 없었던 저녁이 되기도 하고 밤이 되기도 한다. 중천에 떠 있는 해를 끌어당겨 저녁으로 만들 수는 없지만, 해가 내려오고 달이 올라갈 때까지 노래하는 마음으로 그것을 바라볼 수는 있다. "조금 느리게" 부르거나 가끔 "당신과 함께" 부를 수도 있다. 그렇게 아침은 저녁이 되고 밤이 된다. 쓰려는 마음과 지우려는 마음 사이로 시가 흐른다.

모로 누우면 남쪽 창으로 하현이 들어옵니다 밤늦게 뜨는 달입니다 낮에 뜬 달이나 저녁에 뜬 달이 모두 멀어지는 어제의 일이고요

참 편안한 신발이었거나 다정한 문고리였거나 목에 잘 맞았던 베개는 그믐에서 초승으로 건너오지 못하고 지금 내게는 모로 누워 아픈 어깨와 창문을 막 벗어나려는 하현뿐입니다

한밤의 창문이 빛나는 세계 내게는 아직 하현이 있고 희미하게 흔들리는 커튼이 있습니다만 창틀 너머 너무 멀리 간 것들로 나의 방은 끝없는 두 평의 어둠을 만듭니다 그 속을 당신은 아직도 혼자 가고 있겠지요 이 아픈 생각의 끝보다 더 멀리 가는 당신 도착은 없이 가기만 하는 당신 가다가다 한번은 돌아보며 손을 흔들어주세요 나는 여태

이곳이어서 하현에 몇 자 적어 보냅니다
—「보이저」전문

해가 완전히 넘어간 시간을 그리며 이 시집은 막을 내린다. '나'는 창이 있는 쪽으로 몸을 돌리고 누워 하현을 본다. 모로 누운 사람의 굴곡, 혹은 그의 귀를 닮았을 하현이 세상의 모든 어둠 가운데 홀로 빛난다. "낮에 뜬 달이나 저녁에 뜬 달"은 이미 멀어지고 지금 이곳에는 "창문을 막 벗어나려는 하현뿐"이다. 잠시라는 시간 동안 창문 속의 하현은 작고 단단하게 빛난다. 단순하게 명백하던 두부의 윤곽처럼 "내게는 아직 하현이 있"다. 한편 손에 잡힐 것 같은 저 달이 조금 있으면 영영 사라져 '나'의 세계에서 가장 먼 곳으로 떠날 것이라는 예감은 어두운 밤을 끝없이 넓힌다. 곧 어제의 일처럼 멀어질 하현의 윤곽을 집요하게 바라볼 때 떠오르는 것은 미처 이 시간으로 건너오지 못한 것들과 잠시 후면 멀어질 것들이다. 고작 두 평짜리 방은 멀리 간 것들과 멀리 갈 것들에 관한 생각으로 깊고 넓고 끝없이 흐르는 어둠을 만든다. 이 어둠 속에는 모든 것이 있으므로 세상에서 가장 고요한 방이 된다.

아침에서 밤이 될 때까지 부르는 노래가 고이는 곳이 어둠인 까닭은 노래가 다시 아침에 닿더라도 이미 비어 있는 '당신'의 자리 때문이다. "해가 바뀐다 해도 빈 자리는 여전히 먼 곳"(「12월의 귀」). 이미 사라진 것을 다시 불러올 수는 없다. 게다가 "아직도 혼자 가고 있"을 '당신'의 자리는 점점 더 멀어진다. 멀어지는 것은 '당신'이 하는 유일한 일이다. 점점 더 멀어지는 거리는 너무나 아득하여 '당신'이 멀어지고 있다는 "이 아픈 생각의 끝보다 더 멀리" 간다. 멀리 가는 것이 '당신'의 일이라면 '나'의 일은 이곳에 남아 있는 것이다. 이 시는 끝까지 '당신'이 '사라진다'고 쓰지 않는다. '멀어진다'고 쓴다. 멀어진다는 감각은 아직 이곳과 거리를 둔 그곳을 생각하는 마음에서 생겨난다. 심재휘의 시에는 사라지는 것은 없고 다만 멀어지는 것이 있다. "여태 이곳"에 남아 있을 때 '당신'은 사라지지 않고, 멀어질 수 있다. "여태 이곳"인 장소는 '나'의 한계이자, '나'가 지키는 최선의 자리이다. 이곳에서 시인은 사라지지 않고 멀어지는 것들에 관하여 쓴다. 그럴수록 단단하게 빛나는 하현의 윤곽이 더욱 선명해진다. "잘게 썬 사과의 속을"(「사과를 잘 먹는 새」) 먹는 어린 새와 "오른쪽만 남은 양말 하나"(「양말 한 짝」)로부터 심재휘의 시는 "아주 멀리 날아"(「사과를 잘 먹는 새」)간다. 다시 다정한 모두부를 앞에 둔 바닷가로 돌아가는 듯하다. 이곳의 윤곽과 그곳의 윤곽 없음 사이에서 이 시집의 고백은 일어섰다가 다시 스러진다. 반복한다.

심재휘 1997년『작가세계』를 통해 등단했다. 시집으로
『적당히 쓸쓸하게 바람 부는』『그늘』『중국인 맹인 안마
사』『용서를 배울 만한 시간』『그래요 그러니까 우리 강릉
으로 가요』가 있다. 현대시동인상, 발견문학상, 김종철문
학상을 수상했다.

— 문학동네시인선 228
두부와 달걀과 보이저
ⓒ 심재휘 2025

— 초판 인쇄 2025년 2월 28일
초판 발행 2025년 3월 10일

지은이 | 심재휘
책임편집 | 김영수 편집 | 김봉곤
디자인 | 수류산방(樹流山房)
본문 디자인 | 유현아
저작권 | 박지영 형소진 오서영
마케팅 | 정민호 서지화 한민아 이민경 왕지경 정유진 정경주 김수인 김혜원
　　　　김예진
브랜딩 | 함유지 박민재 김희숙 이송이 김하연 박다솔 조다현 배진성
제작 | 강신은 김동욱 이순호
제작처 | 영신사

펴낸곳 | (주)문학동네
펴낸이 | 김소영
출판등록 | 1993년 10월 22일 제2003-000045호
주소 | 10881 경기도 파주시 회동길 210
전자우편 | editor@munhak.com
대표전화 | 031) 955-8888 팩스 | 031) 955-8855
문학동네카페 | http://cafe.naver.com/mhdn
인스타그램 | @munhakdongne 트위터 | @munhakdongne
북클럽문학동네 | http://bookclubmunhak.com

ISBN 979-11-416-0189-8 03810

www.munhak.com

문학동네